JN085707

発信

——武蔵野大学俳句アンソロジー

HASSHIN musashino university anthology

編・井上弘美

ふらんす堂

序

武蔵野大学は東京都西東京市にあって、自然環境に恵まれ、武蔵野の面影をのこす木立に覆われている。二〇一二年には有明キャンパスも開設されたが、文学部は武蔵野の地にあって学生たちは日本文学や文化、言語などについて学んでいる。とりわけ、小説・詩・短歌・俳句などの創作に力を入れていることから、縁あって、二〇〇五年から俳句創作の授業を担当してきた。京都の市立高校を休職して早稲田大学の大学院で芭蕉の研究をしていた時期で、学生たちに俳句を語ったり創作の手ほどきをする授業はこの上なく楽しかった。

当初は受講する学生も少なかったので、頻繁にキャンパスを吟行し句会を行った。薬学部があるお蔭で薬草園が数カ所ある上に、桜、松、楓、銀杏、プラタナス、菩提樹、泰山木、金木犀、青桐、桑、椿、山茶花などの大樹を中心に、草花も種類が多い。かつては、桜が咲き終わるころに授業が始まったので、「飛花落花」「花吹雪」などの季語と出合うことから俳句の創作が始まった。藤が咲くと藤棚の下で柏餅を食べながら句会をしたり、夏には近くの喫茶店の窓に咲く時計草を見に行ったり、黄落の季節には大木の下で降り続く銀杏に圧倒されながら句会をしたりなど、忘れがたい。現在は一講座三十名が基本なので、句会は教室で行わざるを得ないが、学生たちは吟行を楽しみにしていて、句会にも熱心に参加する。同世代が集まって、自他の作品について自由に語ることのできる「句会」という場はとても貴重で新鮮だという。ここに収めたのは、約二十年間の授業内の句会で誕生した作品である。

幸い大学では毎年「武蔵野大学創作集」を発刊しているので、学生たちの作品をわずかではあるが、そこに残すことが出来た。授業は基礎が半期で終了し、さらに研究を受講しても半期なので、作品としてはごく初歩の段階だが、二十年に近い歳月の作品が層を成すと、若い人たちだからこその輝きや初々しさ、俳句文芸に出合った喜びなどが感じられて、ひいき目ながら心打たれるものがある。数年前からは通年で俳句を学べる授業も開設されて、俳句熱はさらなる高まりを見せている。

そこで、私は本年三月末をもって退職するので、「武蔵野大学創作集」に掲載された作品を精選、再編集して一冊にまとめておくことにした。作品は制作年を外して、四季別、ほぼ季節順の配列とし、巻末に作者名による索引を付した。

二〇二二年に着任された、堀切克洋さんの授業で誕生した作品も加えての、およそ八百句が織りなす武蔵野大学俳句アンソロジーである。大学内外の方に広くお読み頂くことで、作品に新たないのちが吹き込まれることを祈っている。

井上弘美

発信――武蔵野大学俳句アンソロジー＊目次

発信——武蔵野大学俳句アンソロジー

第一章　春

会いにゆくやまないうちのぼたん雪　三橋綾子

たんぽぽや折れ目のついた母子手帳　矢光智美

ぶらんこに乗る君の背に触れた午後　山下亜維

雪椿染まらず落ちる白き恋　小林可奈

イヤホンの片耳で聞く春風か　阿部孝美

新品のローファーつたう春の雨　佐藤里咲

春風や蜜吸うものは羽ひろげ　大久保瑛

舞い込んだ落花踏み込む剣道部　須藤麻希

会へぬまま二通溜まつた花便り　石井友梨

春愁や草に座れば草匂ふ　加瀬渉

夕暮れや父に習いて紙鳶　野本拓也

肩ぐるま鶯笛を鳴らしつつ　下原壽経

春寒く命の管は絶たれけり　須藤麻希

着信音ふたたび切って春の風邪　矢光智美

眼を瞑り大学最後の如月よ　永松瑞樹

解けぬよう靴ひも結ぶ春一番　佐藤里咲

春光の水色沁みるバスルーム　中倉絵莉香

春休み銅像はまだ本を読む　永森一耀

くつしたを半分脱ぎて長閑かな　金　美里

シャボン玉中に溜息つめこんで　塚本真由

ふらここや空に刺さった靴何処

鈴木雅理

ここにいる約束をせしたんぽぽと

井出優佳

わらび餅ニライカナイの祖母と食ふ

赤荻　愛

行く春に響いていますきみのうた

佐々木宗太郎

春の夜はむかえに来てよと言ってみる

小宮千明

過去の人浮かんで消える夕桜

金　美里

朝桜空を切り取る五芒星

佐藤　駿

サクラモチ今日見たユメと同じ色

宿利貴征

馬の仔やいずれは遠くに行くけれど

鮎川由依

ひとりいる夜の隙間に桜降る

服部星子

惜春の我が髪落とす銀鋏　阿久津哲大

春惜しむ橋の向かうの祖母の墓　高知尾　誠

憂鬱を閉じ込め去れよしゃぼん玉　竹ノ内彩未

行く春やあいさつ寄越すどこかの子　梅地晶平

何処からかショパン聞こえて藤の昼　田中芽衣

春惜しむオオカバマダラ北目指す　佐野芽美

すれ違う名も知らぬ君白躑躅　飯田理夢

つばめの巣愛嬌見せるサービスエリア　千葉紀威

満開はるるぶの写真春惜しむ　豊田直美

春惜しむ風の香りの変わるころ　金成更紗

ほろほろと危うく飛びし雀の子　都丸健一朗

春惜しむ辞書引きながら本を読み　小川弘貴

風吹けば花散る雨のにほひたつ　荻野詩織

駆け抜ける靴の間の菫かな　桑原明穂

春の暮れ素肌にワイシャツを感ず　木暮晃宏

暮れ遅しノートの隅に絵しりとり　岡上楓夏

雲切れて光溢れる松の芯　藤井　航

口結ぶ友の横顔藤の花　西田侑加

そっと拭く春雨の跡二人乗り　金　珍奎

春惜しむ一人の部屋の一人カレー　富澤晶生

春暮るる兵隊はまだ生きている　大門太緒

呼子鳥古いアルバムひらくなり　飯島瑛子

福島の灯の眠りけり昭和の日　下原壽経

つばめの巣母も赤子も見つめてる　宮脇英巳

春惜しむやうに佇む雨の駅　西田　篤

春惜しむ君の不在に慣れる日々
丸山穂波

祝福の余韻のごとし花の塵
梅地晶平

花筏乗せているのは誰の恋
後藤萌歌

忘れ草忘れないでと言ってみよ
岩波ほの香

第二章　夏

まばゆさに目覚めたる部屋立夏の日　浅野豊夢

突然のケーキに集う薄暑かな　渡邉優介

夢でゆくあの公園も夏めいて　佐藤一磨

夏空の光とびこむ虫眼鏡　向 奈津子

ねぼけ空尾びれでたたけ鯉のぼり　金澤琴美

病院で祖母と半分柏餅　大久保瑛

こどもの日ひとり金平糖を食べ　黒澤雄大

ひとしづく金魚の落とすあかい影　赤荻　愛

聖五月綺麗なひとが義姉になる　高岡千紘

とんと落ち世界を止める水中花　酒井恭平

何もかも掻っ攫ってく卯月波　小嶋美佑

赤い目の蟵が覗く初夏の夜　齋藤晴生

夏きざしここからはじまる友の恋　山田麻衣

雨止んで琥珀に染まる夏の星　松浦若菜

雲 水 の 携 帯 電 話 街 薄 暑　加瀬 渉

夏めくや手首に薫る李氏の庭　荻野詩織

日をすくう泰山木の花の匙　関　麻里子

進めよと我が背中押す青嵐　河合可楠子

夏めいてくるうみどりも窓際も　河治真生

マスクして鼻歌弾む緑雨かな　小林琉哉

夏めいてくる山の葉も言の葉も　松浦　萌

君影草揺れる想いが聴こえない　服部星子

自転車の切り込んでゆく薄暑光　伊野雅也

雨上がり働きぐもは再工事　河内聖弥

夏めくや君の素振りを二階より　山本奏咲

夏に入る鉄筋が熱持ちにけり　海老原未季

空色に染まりて光るラムネ瓶　武井大和

青葉して油絵具のごとき陰　森貞　茜

初めから甘いコーヒー夏めけり　塙　茉尋

白玉に思い出すは祖母と銀座　村野由佳

祖母の居た庭の匂いす柏餅　高岡千紘

緑差す蠟石で書く笑顔かな　海老原未季

菖蒲の子母に抱かれてまだ眠る　小林恭介

やさしさを返せなかった日のラムネ　河手優真

売れ残る母の日ギフト片付ける　森　隼人

真っ赤な実わたしのなかの蛇苺

中倉絵莉香

へびいちご食べてみろよと唆す

内澤　希

新緑や新幹線が山過ぎる

梅地　亮

噴水の反対側で君を待つ

宿利貴征

花弁朽ち王冠晒す白牡丹

牧野浩平

若楓ファーストピアス見せつけて　岡上楓夏

夏きざす髪をザクリと切った床　関口澪璃

リビングに一輪灯るカーネーション　武井大和

母の日やレ・ミゼラブルともに観る　高岡千紘

日傘さす音のパチンと風になり　若林礼華

忘れじの君の面影百合の花　平野　碧

麦秋や解体を待つ石工場　雪田佳佑

その枯れる様を見せよと牡丹見る　高尾成美

ハムスターキャベツを食べる昼下がり　出水尚輝

海鳥の影掠る船薄暑かな　鴫原菜月

「いつかは」と父のつぶやき桐の花　杉山愛実

雨上がり水面に映る夏の月　神部真悟

たまねぎと交信できる者はなし　遠藤瑠香

病得て箱庭に舟足してみる　木村真理子

泰山木の花や賜る手の如し　森貞　茜

赤棟蛇数珠つながりのビーズかな　下原壽経

「また明日」パンザマストと往く薄暑　福田彩華

夏の空遥かの海の音聞こゆ　飯島瑛子

若楓舞台夢見る研究生　中川莉那

武蔵野の若葉に傘のふれあへり　川原　都

君に降る影まで愛す白日傘　坂元沙織

じくじくと鍔迫り合いや迎え梅雨　宮脇英巳

あめんぼう水の深さを知らぬなり　濱田萩子

窓の外空が青葉に染まってる　中澤　工

風の中天へ玉解く芭蕉かな　比留間里菜

草鉄砲過ぎ去りし日へ鳴らしけり　山本誉也

蟬生まる真夜中二時の車道かな　比留間里菜

バスに乗り損ねてひとり夏の山　林　鈴音

見下ろして傘は絵になる驟雨かな　于　美慧

青葉雨君の心に残りたい　遠藤郁真

青芝に白きテーブル友集う　水野里咲

水中花息もできない恋心　服部星子

燕の子空の青さをまだ知らぬ　下田悠奨

寝転べば雲が絵を描く夏の潮　濱田萩子

少年の顔を歪める金魚玉　渡辺　諒

雨あがり動き出す街虹のもと　中島千晴

夕暮れのスコール別れは電話越し　松本　燦

途塞ぐ蝦蟇の寝息は太古より　戸塚健太

蟻もまた隊列組んで静聴す　永森一耀

ラムネ瓶割らねば取れぬガラス玉　竹ノ内彩未

滝の音心音までを震わせる　萩野谷映美

夏の朝生まれるように目が醒める　石川水綾乃

天使魚見入る眼も華やいで　吉沢綾梨

約束の日はまだ遠し洗い髪　中村麻衣

吊革に子の手届くか五月晴れ　板橋麻衣

赤ポスト雨滴りて便り来ず　西田侑加

さくらんぼ最後のひとつ妹と　保坂有里

真っ青に染まる紫陽花水の星　松本菜月

梔子の花にくちづけするやうに　西田　篤

夏の雨氷カランとメランコリー　三好さくら

葛城の神もしばしと五月闇

外山衣美

誰想う妹の頬さくらんぼ

内藤くるみ

夕立や狭山音頭が遠くなり

板橋麻衣

心太そこがあなたのいいところ

齊藤麻衣子

さくらんぼ種と去る君呑み込めず

永松瑞樹

白鷺の霞の如き繁殖羽　多賀勇人

口笛を吹けば揺れたる小判草　金　美里

雨は止み覗く青空虹は出ず　丹羽　凪

どくだみのハートに宿る風の音　青木理紗

五月雨を傘盗まれてあびる肩　河治真生

華々し宣戦布告氷旗

戸塚健太

蟻の上覆い被さる靴の影

下川英里子

梅の実とテニスボールの影並ぶ

中居あずさ

梅の実をすくう君の手幼なくて

越阪部依子

アパートの鉄回廊に梅雨きざす

古林一平

鉄棒の静かに光る五月闇　黒澤雄大

紫陽花や心の隅に雨にじむ　渡辺真由美

青梅の横を過ぎゆく中央線　斎藤麻由

梅雨兆すジャングルジムもブランコも　張丘斗夢

鼓虫は時計のねじも巻く徐々に　王　倩

下ろしたてパンプス五月雨に濡らし　山添夏実

紫陽花の快晴の青吸い尽くす　矢光智美

桜桃忌文庫忍ばせ三鷹駅　佐藤一磨

夏館錠の向こうに過ぎし日よ　外山衣美

言葉では足らぬことあり桜桃忌　伊藤翔太

桜桃忌繋ぐ心よかた結び　市原佑香

真ん中に沈めた思いラムネ瓶　山路絵美子

天の地図ひろげておりし雲の峰　矢光智美

太宰忌の帰りはひとりひとりかな　高橋佑希

太宰忌や読経水羊羹のごと　下原壽経

聳え立つ老木に這う蟻の群れ　高階壮汰

土の香の風に溶けゆく梅雨の晴　濱田萩子

真っ白なノートに夏の宿りけり　佐藤詩織

焚火消し灰をまとめる夏河原　若林蒔人

蛍火を諸手で掬い闇へ解く　竹邊朋子

蛍火の「メール一件」伝えけり　佐藤詩織

だらだらと話をしよう明日も梅雨　羽田野那生

イヤホンの外れて仰ぐ星涼し　小西彩加

ポロシャツの胸を飾れる蛍かな　柳井浩智

光琳の声の聞こゆる燕子花　鈴木裕貴

香水の瓶の割れてもまだ泣けず　坂元沙織

思い出は瞼の裏に夜光虫　鎌田章矢

ちゃんばらの掛け声やまぬ大雷雨　鈴木智大

道の端に轍が残るヤマカガシ　森　隼人

さるすべりゆめのなかではすべらない　髙橋瑛南

髪洗う今日の失敗もろともに　松本優徳

七変化恋するときもせぬときも　秋山玲奈

空色の帯が透けたる夏羽織　飯田理夢

母の背や鍋に煮えたつあんずジャム　竹田絵里香

芍薬や彼の視線を盗らないで　吉住　玲

岬にて入道雲を見る二人
石井万里奈

下り坂シャツ膨らます夏の空
打田大輔

早乙女や水豊かなる旭岳
森 亜希子

一列に並んで進む田植えかな
勝山麻子

紫陽花や青く佇み人を待つ
今村透己

香港の自由儚き蛍　林　逸生

我もまた名も無き小さな水中花　中澤　工

夏至の日の沈まぬ侭に深くあり　加藤柊介

青梅雨や空の伝言肩伝う　糸日谷莉子

緑雨止み地べたをつつく雀かな　新美萌夏

夜の街浴衣の君が影に消ゆ　田村和希

廃校の庭埋めつくす紫陽花よ　戸塚真帆

悔しいと見上げる空に夏の雲　山田麻衣

ヴェランダになき青梅が薫りけり　平沢未和

梅雨の日は我が前髪の反抗期　中野渡音愛

地図帳と気の抜けているソーダ水　金　美里

紫陽花や耳を澄ませば風の声　布施凌太郎

紫陽花の日に日に泡立っていく街　保理江悠人

緑陰の海に溺るるベンチかな　井熊萌乃

結び葉を父母の背中がくぐりぬけ　浅海彩香

名付けては忘れて名付け金魚鉢　小嶋彩聖

雨降りて南天の花零れ散る　山田実優

正門に待ち人ひとり百日紅　小豆嶋勇誓

クレヨンの青は退屈雲の峰　加藤桜彩

城壁に生る蜻蛉尾を立てて　石井銀河

アイスティーこぼれて滲むD判定
門脇流空

うたたねに光のレース紡ぐ樹木
森本麻衣

梔子よ明かせぬ恋を聞いてくれ
後藤萌歌

恋人や驟雨に濡れたリトマス紙
江連一大

花茣蓙やぬくもりうつし想ひ告ぐ
伊東采音

夕立の匂いが残る水たまり　阿部孝美

ねじ巻けば動くか宵の時計草　佐藤詩織

天道虫空に恋して昇りゆく　関根由香子

雨の香をゆるく閉じ込め木下闇　天坂華織

首もたげ夜色愁うる蝸牛　小松俊哉

スコールに汗も予定も流れけり

竹平智貴

月光も私も蜘蛛の囲に掛かる

田中里枝

缶ビール飲み干し危険牌を切る

三田寺和都

香水がガツンとあの日呼び戻す

中村美月

夏の朝スカイブルーに染まる朝

高尾成美

ここからの視界を知らぬ目高かな　吉岡柊二

古池や行方知れずの夏蛙　大西亜実

草刈と土の匂いと母の顔　堀場　凜

むさしのを余さずつつむ驟雨かな　桑名美穂

紺碧の鏡を壊す返り梅雨　武藤海瑛

ボブカット揺らす彼女に青嵐　鈴木裕貴

遠雷や小銭ばら撒き息止める　風間裕希

夕暮れの世界に沈むアイスコーヒー　原　陽代子

冷奴食べるとはそぎ落とすこと　宮崎直道

青芝に寝そべり背中湿りけり　椎名孝太

玉葱やコロニーを成す未来都市　鈴木雅理

シャワー浴び思い出全てさようなら　中澤実李

死の恵み受けし蚯蚓が道端に　長谷川 佑

日傘さす二人の肩も離れてく　木田亜美香

老木の飛び出す木の根木下闇　中川健太朗

はじまりは鬼灯市の夜にあり　水野里咲

打ち水の飛沫煌めく石畳　中村優花

サイダーの泡消えるまでそばにいて　大平優香

風に乗る君の寝息も風鈴も　澤田弘大

ひっそりと月下美人の光あり　飯島瑛子

青春が夕立とともに走り出す　足立　鈴

天気雨あびて跣足の子は走る　佐藤詠人

七月になってしまった献花台　西田　篤

夏雲はあの頂をこえてくる　岡本竜児

ここにいるここにいるぞと牛蛙　椎名孝太

形見分け海の日のないダイアリー　石井友梨

水鉄砲頬におでこにくるぶしに　西窪歩実

浜走る親子揃ひの夏帽子　遠藤瑠香

夏の海果敢に攻める砂の城　松沢恭平

噴水の飛沫ふきあげ待ちぼうけ　上畠伽織

夕焼の飛行機雲と帰ろうか　牧口容子

公園も刑務所の中も七月　風間裕希

母上の申す通りに草むしり　飯島瑛子

南風や仏蘭西からのエアメール　牛田 衣

夕焼けに溶ける寸前バス来る　木村真理子

河童忌の漆黒の門過ぎゆけり　小西彩加

横浜の街沈みゆく夏の霧　古川佳代

青ぐるみ落ちた心は君のもの　永尾葉瑠香

指笛に応えるイルカ夏の海　下川英里子

教科書からも海の音七月よ　洪　瑞希

時計草絡め取ってよあの日々を　三澤麻里子

人間が死に河童忌と呼ばれたる　山下亜維

夕顔の白さはかなさ浮かびたつ　関根由香子

姉もまた着て恋をした古浴衣　豊嶋麻美

あたたかい小銭をわたす夜店かな　鈴木　暉

金魚鉢赤に染まれる向こう側　神山香寿美

蟬の空いひおほせて何かある　大門太緒

パソコンに向かう指先晩夏かな　石井銀河

まるで恋してゐたみたい西日落つ　金田実奈

ビー玉は思い出の色夏祭り　長野桃子

雷と恋は刹那に落ちるもの　森下勝太

音もなく頭かすめる蝙蝠よ　平沼　舞

つないだ手夜店の指輪光るのは　若林礼華

文末を三度直して夏休み　金田実奈

男共祭り太鼓で熱くなれ　樋口翔一

夏の海足浸し見る水平線　三井優花

誘蛾灯命の数をかぞえけり　川本陽介

外灯に向日葵の首晒したる　瀬尾結実

日輪や蟻の葬列行く先は　油科三奈

晩夏光爪の割れ目を爪で裂く　瀬尾結実

一雫耳にプールの名残かな　古林一平

万緑や学舎に響く弦楽器　佐藤里咲

中央線天道虫が我と乗り　中村麻衣

教室に主なき画鋲夏休み　山中香蓮

子が寝てる畳に迫る大夕焼　藤井　航

花梯梧唇染めし乙女かな　天野優美子

開き戸を押してあふれる蟬の声　鈴木　暉

日盛りや美人は顎の肉までも　桃沢健輔

昼下がり向田邦子とソーダ水　齋藤みどり

蠅取瓶中で静かな死が動く　小林勇大

へばりつく蚯蚓じりじり焼かれゆく　齋藤里桜

少年の指に爪立てかぶと虫　古川佳代

蝙蝠や誰にも声が聞こえない　赤荻　愛

赤くとも黒くとも君金魚なり　佐藤詩織

サングラス掛けて一人の夜となる　山下亜維

炎天に並ぶ露店の旗の色　南　修平

夕涼み風呂屋の前の将棋うち　久保田千博

ファインダー入道雲がおさまらず　土斐崎種忠

隣人の宴会続く熱帯夜　小林勇大

目があって揺れる線香花火かな　黒澤雄大

逆光の四肢を透かせりサンドレス　石井友梨

青胡桃ポトンと落ちる恋の音　新谷怜子

自転車を降りて目が合う蜥蜴の子　高橋　玲

ただいまも言わず飲み干す麦茶かな　三田寺和都

熱伝うおどれる岩魚摑んだ手　渡部奈津美

かき氷あの頃の夜更かしの味　福田彩華

あぜ道のただまつすぐに雲の峰　雪田佳佑

ナイターや手に持つコップ波を打つ　鴨野　令

濡れた髪手櫛で直し夕涼み　野呂明日香

はまなすの花一輪が海を抱く　石井夏奈子

傘が折れ夕立の中堂々と　浅井悠佑

夜勤明け朝焼け背負う帰り道　中村祐輔

退廃を貫く西日部屋の隅　伊藤玄馬

冷麦を啜らぬ君の雅びかな　浦川　響

玉虫の輝き消えず死してなお　粂原　光

噴水や空までのびる恋心　山田真奈未

花火待ち水面彩る屋形船　天野文馨

炎天にＰＲＩＤＥ裂かれ敗北す　分目龍之介

夏の浜夢のつまったおもちゃ箱　大園鈴夢

夕凪や帰路へと戻る時が来た　笠原瑠奈

蚯蚓にも家路はありて干からびぬ　濱田萩子

懐かしい祖母の手作り冷奴　朴　惠源

サイダーにゆがむ笑顔と夏の午後　山本結理

昨日を切つて千切つて髪洗ふ　金田実奈

こつと鳴るそれが産声水中花　松下友哉

暗闇の花火師の影勇ましく　小村耕平

誘蛾灯消える命に指折らず　田村寧々

夏の雨わたあめ水アメりんご飴　木下明子

夕暮れの加速止まらぬ祭笛　竹下奈都子

一枚の浴衣に千の花開く　萩原祐香

風鈴の音のみ響く夜の町　玉田和希

月白のサマードレスをまといけり　浅海彩香

ソーダ水溢れる気持ちに栓をする　吉川左太志

汗拭うリストバンドの白さかな　桑原明穂

蟬の声わたしの恋を急かしてる　木村真緒

ガラス越し本を眺める夏木立　比留間里菜

冷や奴スプーンにうつる君の顔　角田星菜

エコバッグ溢れ右手に青林檎　庄古なつ

初蟬や水面に映る並木道　澤村理子

アロハシャツ眺めるだけの夏休み　三好さくら

喧嘩後に父に出したる冷奴　片岡三奈

打ち水をする美しきうなじかな　奈良香織

情熱を全て楽譜に大西日　高橋　玲

ルンルンと出した浴衣は丈合わず　中澤実李

太陽や登山電車の白き帯　田中大雅

乾きたる醤油傾け晩夏かな　阿久津哲大

夕立よ涙がばれる前に来て　平野理穂

柔道着組み手相手は青嵐　山田伸之

日車よへこたれている場合じゃない　齋藤　健

真白なる削氷溶かす恋話　斎藤あさひ

幼子のあやとり橋やねむのはな

武井春香

セミの鳴く路地を駆け抜く二人乗り

武井玲奈

弟におごる駅弁帰省かな

土谷成瑠穂

額縁の隅々拭きて祖父の夏

丸山穂波

君が待つ光るラムネの向こう側

鮎川由依

青嵐落とした肩を叩く友
下川英里子

五回裏青葉が歌う応援歌
舛屋　廉

夏帽子これ似合うかい海に聞く
藤本ティモシィ太郎

兄弟の寝息揃いて夏座敷
鈴木未歩

かぶと虫探す父今少年に
堀　亜都実

走馬灯失せし一年回りだし　齋藤　健

風鈴は夜が自分を泣ける音　佐々木宗太郎

君はもう一夜のことと髪洗う　渡辺　諒

ナイターや哀愁漂う背番号　千葉紀威

黒ビール泡は宇宙に繋がれり　大門太緒

人間よ静まりたまへ蟬時雨　　中川莉那

ラムネ越し見つめる渋谷珊瑚礁　　池田隼都

貸しボート浜に引き上げ夏終わる　　柳井浩智

冷房と画面の中の汗の玉　　米田　拓

かぶとむし森の王者もかごの中　　小酒井彗悟

子らの声遠くに涼し河川敷　佐々木海翔

響かせろ先逝く蟬へレクイエム　森下勝太

夏の果て剝げたるネイル落としけり　横山和香

ソーダ水泡立つ想いやがて消え　長谷川　佑

風涼し目が合うガラス越しの君　秋庭英乃

靴脱ぎてホースの虹をくぐりけり　塩野七望

夏の海僕の絵の具が何個分　戸田かえで

鍾乳洞涼風誘う黄泉の口　只木　朋

雲は空からの雑筆ラベンダー　郭　力維

ラスベガス噴水空を穿ちたり　菱田龍太郎

老鯉の下唇に夏の雨　山本奏咲

リクルートスーツにて食ふ氷菓かな　森貞　茜

晴天に命を満たす蟬時雨　林　健叡

片陰に己の影を隠し入る　鈴木瑚太郎

向日葵が兄の背丈を上回る　平川百葉

涼しきを知る猫様を訪ねけり　佐山泰生

香水より柔軟剤が似合ってる　亀山壱星

風薫るまどろみながら語らひき　小野沢ひかる

銃弾に似た薬飲む晩夏かな　坂元沙織

懐かしき故郷の香り岐阜提灯　高橋航貴

夏休み声なき廊下ただ長く　佐藤陽太

伸ばす手を金魚も君もすり抜けて　大石　南

ひまはりの影絶叫す長崎忌　加瀬　渉

噴水や光波打つ水の底　秋庭英乃

原爆忌影の痕跡もう見えず　副島未衣花

すれ違ふひとも背負へり夏の空　高知尾　誠

鉄板ににじのかかれる夜店かな　田中芽衣

きらきらの海がサンダル奪い去る　斉藤純奈

ひきとめる夏終列車まだこない　渡部大季

絶海の退艦命令油照り　土斐崎種忠

水中花記憶の中で永遠になる

横畑海斗

第三章　秋

炭酸を零し夜空へ星祭　田中里枝

今はもう月に恋する織姫よ　渡辺　諒

終戦日噴水の水棒になる　加瀬　渉

秋天のコントレイルを眺めけり　長谷川友香

天の川またぐ神話のペルセウス　増岡伊織

天高くペガサス昇る夜半かな　内田隼斗

マスカット摘まむ綺麗な君の指　大石　南

秋うらら校内にパン売る車　川原　都

校庭に秋風吹いてひとりきり　堤　慶子

アサガオや色とりどりの蓄音機　横内恵美

公園に太極拳と秋の蝉　下原壽経

コーヒーと読書と君と秋の風　山崎紗世

誰よりも黒き我が影秋遍路　大門太緒

秋雨の降る日に選ぶ芥川　岡村恵理香

じゃんがらやささげと共に君を待つ　福元　凜

亡き母の声きいていて赤まんま　白鳥央堂

水を切る石を飲込む秋の海　成生洋樹

母からの写真は犬と秋夕焼　金成更紗

秋澄むやサイレンの音が雨を裂く　志村千春

降り注ぐ木洩れ日の中秋の蟬　中根恵美

枕から秋濤の声聞こえけり　廖　蘭欣

鈴虫の声は飽和すゆめのなか　仙波絵里花

黙々と馬鈴薯を剝く父の指　松本菜月

学舎にもどこにも行けぬ秋曇　田之畑佳奈

鈴虫や涅槃寂静遮らず　保理江悠人

こおろぎやイヤホンはずす帰り道　飯塚美友

鳥籠を空に透かせし秋麗　森本麻衣

恋文を台風の目に投函す　加瀬　渉

鉦叩古の音を紡ぎけり　福田彩華

秋の山青空溶かす気流かな　高木綾美

残る蟬吹くな吹くなと風になく

永濱まどか

秋津洲蜻蛉滑る草の上

渡辺亮介

青藍や霧にとけだす朝の街

飯塚美友

ヒガンバナカンパリソーダオトナイロ

板橋麻衣

白露をはじきとばせる土竜の掌

杉山梨奈

うしなひしものを思へば木の実降る　西田　篤

鬼灯の実の心臓のような赤　鈴木未歩

新月や独りのコインランドリー　桑原明穂

風ゆるく結ばれている良夜かな　大野美波

父の眼に祖父生きている芋嵐　大門太緒

ディズニーで君と見ていた望の月　森山絵理

淋しさはひとしく並ぶまんじゅしゃげ　佐々木宗太郎

物を書く人のさみしさ水の秋　大野美波

片見月手紙の返事を書きかけて　渡辺真由美

秋天や訓練中の聴導犬　牛田　衣

どうしたら優しくなれる満月よ　平野理穂

終電の去り行く車輪ちちろ鳴く　尾北　隆

火葬場に咲きコスモスの色の無く　三橋綾子

望の夜漁船の進む月の道　成生洋樹

終電に揺られて眠る秋の夜　川上雄司

川沿いに夕焼け翳るすすきかな　打田大輔

満月の押し込められた都会かな　児玉雪花

忠敬の地図の路にも秋北斗　篠塚美里

白いのは人の血吸はぬ曼殊沙華　古谷真子

病室の窓の映りて木の実落つ　森　隼人

朝涼や仰向けのまま諳んずる
高橋佑希

イヤフォンに恋歌流れ寝待月
木村友香

瓶詰めの足のびやかに蝗かな
丸山穂波

雨打てどなお空を切る帰燕かな
江端進一郎

はなすすきやわらかな指広げゆく
菊地夏子

便箋に英字を綴り雁渡し　比留間里菜

自転車をこぎコスモスの波に乗り　延地直人

秋雨や泥のつきたる万国旗　梅原大輔

雁渡しボランティアに行く夜行バス　伊藤明香里

海猫帰る給油のランプが光る　佐藤慎之介

苦い夢君に手紙とコスモスを　小林可奈

日をつつむ霧が丹色に揺らぎけり　吉沢綾梨

ひっそりとはじける火の粉狐花　平沼　舞

コスモスや電車の外の吾が母校　村田瑞稀

影よりも遅れて走る運動会　金澤琴美

学舎の色なき風に友の声　鎌田章矢

水澄みて忍野八海巡りける　大西真里奈

秋空を受け止めてみよ蜘蛛の巣よ　桑原明穂

草の穂に一つ見つけたナナツボシ　桑名美穂

藤は実に好きを好きとも言へずゐて　古谷真子

結婚を祝った日の夜後の月　成瀬依子

赤蜻蛉こよりのごとき尾を打てり　丸山穂波

木の実雨父祖の大地に口付ける　韓　妍艶

十三夜かなしき月と母は言う　山田麻衣

爪先で秋空揺らすにはたづみ　森　亜希子

亡き祖父と並び歩いた稲の波
櫻井聡美

水たまり幽かに映る後の月
鈴木翔喜

檸檬らが爆発するのを待つてゐる
坂元沙織

祖母の無い初めての秋深まれり
三橋綾子

木の影の窓に映りし夜寒かな
内藤くるみ

銀翼や旅を続けようろこ雲　岩波ほの香

佇めば砂時計の中黄落期　渡邉優介

無花果の祈りのやうな甘さかな　市原佑香

故郷より新米来たり卵かけ　笠原里沙

夕景を背負いて立てる案山子かな　渡部奈津美

幸せは等しくあらず栗羊羹　浦川　響

母親のようには剝けぬ林檎かな　黒澤雄大

複眼に三千世界秋茜　王　子先

秋の夜電話切れずに遠回り　島崎あかね

栗拾う子を眺めいる親ひとり　新谷怜子

鬼灯よ染まりやすきは初心な恋　小林可奈

古本に残された念いわし雲　高尾成美

青空に林檎を積んだ祖父の籠　松田健太郎

澄ましても暗闇ばかり虫の声　粂原　光

振り向けば故郷の苅田と父の顔　山口苑夏

秋深し道風の書を真似て書く　中西海斗

静かなる海風一つ秋の富士　松下友哉

雪舟の筆に見た空秋時雨　増岡伊織

西郷の額を落ちる黄葉かな　伊藤和泉

山霧を黄色に染めるウインカー　志村千春

柚子味噌の焦がしてもなお甘い香　酒井恭平

針に糸布を広げる夜なべかな　甘利沙弥佳

日は海に落ちてこおろぎ草陰に　金成更紗

我が野性林檎の歯形に現ずる　白鳥みずほ

藤の実の乾いていたる天気雨　塚本　僚

息の色確かめ歩き冬隣

山路絵美子

鵲よ濡れずに光れ夜の空

福元　凜

校舎ごし夕陽まぶしき白式部

金子まゆ

新米を待ちたる父子精米所

川原　都

櫟の実今は心にしまいけり

新井健哲

北斎の濃紺秋の一つ星　石井夏奈子

冬隣りあと十センチよれたなら　坪内麻梨子

月静か鍵盤の指運びけり　吹上詩織

思い出は色変えぬ松三回忌　碓氷颯斗

白式部色に溺れぬ源氏かな　中居那由他

紅葉より先に色づく古着かな　武内祐紀

さあみんなしずかになれよすがれむし　石川隼郎

待つ人を赤くふちどる紅葉かな　塚本真由

手に残るくるみの匂い風に散る　小口勇志

風炉名残まだ火を宿す白き灰　塩澤史花

改札で君を見送る夜寒かな　清水　緑

葱を切り霜降の朝迎えたる　岩波ほの香

月隠る病後は聴かぬドビュッシー　河野勇人

秋惜しむ割引ブドウも皮となり　浅田泰弥

照る月は夜の帳の金ボタン　佐野芽美

祖母からの熟れすぎた柿赤く柔く　横井友希

どんぐりを一つも残さず拾う子ら　横山晃子

口笛を吹くたび香る金木犀　小宮千明

信号の色濃くなりて冬近し　吉田紘規

第四章　冬Ⅰ

立冬やディープブルーの空眺め　野村航洋

ドアノブに触れてパチンと冬が来る　風間葉月

冬の水浮かぶプリズム乱反射　岡部由雅

ツンとして風が棘もつ冬はじめ　豊嶋侑子

マフラーを編む祖母の続きから編む　金田実奈

冬来る鏡冷たく吾を映し　坂元沙織

駆け引きのシフト調整冬が来る　土谷成瑠穂

コーンスープとイルミネーション初冬かな　保坂有里

ロフト付き物件睨む冬の暮れ　大橋恵加

エンジンを切って見上げるオリオン座　村野由佳

木洩れ日は山茶花の色透けるほど　林　鈴音

湖に揺れる富士山冬の朝　大西真里奈

冬紅葉いつ会えるかと問うた君　関口澪璃

北風よ上手に服を脱がせたかい　渡辺　諒

冬の富士大太法師の影隠す　小村耕平

噴水の向こうに君と冬の虹　中根恵美

窓辺にて読む新刊書小春風　岡本里沙子

肉まんを割ってたつ湯気冬が来る　早川知沙

走り根や摑む台地に落葉あり　深田綾乃

鬱といふ文字のつぶれて時雨かな　高橋佑希

教室に連れてもどりし枯葉かな　河手優真

本当も嘘も等しく白い冬　石川水綾乃

木洩れ日をみんなで歩く落葉道　芝崎愛理沙

小春日や白き名札の蝶の墓　石井銀河

冬の園響く短調ハーモニカ　塩澤史花

ねんねこの中ぼんやりと数え歌　崔　鎮旭

八の字の膝凍ててゆく待合室　丸山穂波

冬浅し明るく灯るガラスの樹　長谷川貴大

ゆびきりの指を切りたる寒さかな　西野文香

赤いままうさぎとなった冬林檎　勝山麻子

初冬や心にささる風の弓　山口苑夏

さざなみの鱗のように冬はじめ　柳井浩智

街灯の点き始めたり枯芙蓉　梅原大輔

稲佐浜火の島浮かぶ神の留守　百崎俊也

凍空や隠しの中の鍵の熱　戸塚健太

君のため季節集めた落ち葉籠　山崎紗世

冬枯れの恋人岬坂下る　河治真生

花つわの輝き放つ校舎裏　五十嵐絵里

二の酉や手はポケットの底ふかく　板橋麻衣

落ち葉のうた足を止めれば鳥のうた　飯島瑛子

月光にふわりと浮かぶ花八つ手　秋庭英乃

街黒く陸橋の上寒の星　永濱まどか

土色で土に還らん枯芭蕉　米倉寛人

七五三振り向く笑顔母親似　木村青葉

校舎裏ことばを交わす冬の鳥　谷脇愛梨

遠き道落葉を肩にのせたまま　尾北　隆

大き日が落ちてかえらぬ枯野道　木下裕介

三鷹駅定時発車す雪催　高橋佑希

冬晴れや燦燦とある赤ん坊　長谷川　佑

寒林のあいだに響くピアノの音　篠塚美里

碧天の連なる木立影冴ゆる

清水利久

けん玉の赤さ煌めく枯野かな

岡上楓夏

待ってたと囁く声の落葉時

山田真奈未

冴ゆる空海より来る伝書鳩

富田将也

ちゃんちゃんこ畑仕事の祖父の背に

杢代彩菜

てっぺんにポインセチアの莟かな　北山有輝子

答え出ず歩きつづける冬の浜　染谷沙希

開戦日影おくりする裸足の子　下原壽経

世界には終わりはあるか凍鶴よ　金　美里

好きなものどこまでもゆく冬の空　齊藤麻衣子

湯たんぽや残る温みの切なさよ　竹平智貴

溜め込んだマスクの中の空気かな　風間裕希

口すすぎ思い出したる漱石忌　堤　慶子

ポップよりクラシックより枯葉よし　佐藤一磨

賀状書く返事が欲しくなんとなく　梅地晶平

ポケットにこちと硬い昨日のカイロ　村野由佳

一族は皆吊されし鮟鱇や　河野友葉

湯豆腐の湯気に手を当て友を待つ　野本拓也

日記買う爪の先まで新しく　中根恵美

走り出す九十九里浜冬の星　市川直央

炭はねて我に返った昼さがり
岩森美奈

クリスマス真っ白白のシフト表
斉藤純奈

思い出をひとつめくればクリスマス
鈴木智大

白黒をハッキリつけてクリスマス
平野理穂

君のいる右側火照る冬の雨
田中希実

手に白き小鳥の来たる降誕祭　松本菜月

トンカチの音響く午後冬青空　下川英里子

弾き語り寒オリオンに木霊する　若林蒔人

きみいてもいなくても今日くりすます　三橋綾子

星飾るツリーに背伸びする子らよ　明山菜穂

サンタです急いでおりますこの師走　市川直央

冬麗祖母とつながる長電話　伊藤明香里

合わせ貝二枚ひろいてクリスマス　大野美波

黒コート着る君探す渋谷駅　小林可奈

降誕祭キャロルを口ずさみながら　奈良香織

クリスマスリース光の気泡かな　矢光智美

外套の毛玉気にする初デート　澤田弘大

降誕祭ユダは私に口づけす　市原佑香

遠くまで来たことを知るクリスマス　筒井千紘

冬の夕町も空気もシャープなり　桑原明穂

屋根の色生クリームのクリスマス　神林大貴

キャンドルとギターと少年冬の夜　堤　慶子

シャンパンの栓に手間取るクリスマス　上畠伽織

落ち葉踏む違うリズムを刻みつつ　吉田紘規

クリスマス見慣れた店の包装紙　天沼来望

聖夜劇キャンドルたちの向こう側　加藤瑠花

冬銀河窓辺においたオルゴール　小林可奈

クリスマス街の輝き乱反射　松山　聖

横顔に裸木の影落ちにけり　岡村恵理香

哀しげにレジ打つまどに聖樹かな　武内明実

裏道に聖樹をうつす窓明かり　谷口流星

寄せ鍋を一人で食べて温まる　加倉井　渉

冬の日に青く映えたる伊豆の海　豊嶋侑子

北風と帰りたくなる祖母の顔　森山絵理

煤払いめくり忘れたカレンダー　福田瀬奈

除夜の鐘百八の波立たせけり　中西海斗

年の瀬やそば粉さらさら滑る音　川野明日美

オオイヌの声轟くか冬銀河　植田有理

けしごむのかける音する冬青空　齊藤あゆ美

空白の多き手帳の冬の暮　宮崎直道

懐かしき通学路にて年惜しむ　武井春香

冬灯し二人の影を結びけり　大竹利佳

踊り場がしんと静まる冬休み　茂呂京佳

都市は冬無数の部屋が漂流す　高橋　文

傍にいて声も匂いもマスク越し　百崎俊也

両親に聖菓を渡す二十歳の夜　外山菜津美

マフラーをほどく首すじたよりなく　金澤琴美

寅彦忌父の背中と皮手帖　木下裕介

読み終へし本を閉ぢたる除夜の鐘　尾北　隆

年越しの蕎麦打つ父のぎこちなさ　成瀬依子

レジの音かすかに混じる除夜の鐘

須賀勇磨

二人きりコンビニで聞く除夜の鐘

森　隼人

第五章　冬Ⅱ

蠟燭の光が包む去年今年
石井銀河

画面越し君と数えて年変る
原　陽代子

初日出国は違えど君も見る
久保田千博

やはらかく猫の目閉ざす初明かり
西岡良祐

元日や祖父の二十歳は兵として
桃沢健輔

年玉の封のやさしきくせ字かな　吉田真佑子

初雪を手のなかに仕舞つておいた　加藤柊介

歌がるた君が奪ひし恋の歌　山本誉也

祖父の手を握って並ぶ初写真　平川友香子

新品のがま口硬し初詣　庄古なつ

来ないバス冷たいカナル型イヤホン　桃沢健輔

外套や亡き祖父の背をさわってる　今村孝喜

始発待つホームに二人冬林檎　岡島　麗

慎ましき白妙二つ雑煮餅　山本誉也

前のめり息も潜めて歌留多取り　井筒彩夏

泣初めの子をなだめけり母の胸

齊藤麻衣子

初みくじ縁談よろし他わろし

河野勇人

白藍の空と溶け合う初富士よ

小嶋美佑

大木が光遮る淑気かな

山口杏菜

成人式綺麗になった友に会う

越阪部依子

あの日には戻れぬと知る成人の日　福井希緒奈

成人の日の朝届く両親の文　高橋結里香

成人の雪の轍を歩く列　吉田紘規

足袋履いて二十歳の決意固めけり　大園鈴夢

振袖にマスクで祖母と面会す　川原　都

初恋の君に会ひたき成人式　木村真理子

冬の帰郷星屑たちが祝福す　富澤晶生

剃りあげし襟足香る冬林檎　森本麻衣

冬の蝿牛乳瓶の中に落つ　鈴木未歩

冬の月行方知らずの古語辞典　中野　好

風花という名の白い贈り物

堀 亜都実

霜柱支えるべきは誰なのか

松本菜月

あしもとに広がる夜空龍の玉

島崎綾子

猫が寄る人肌恋しい冬日和

牧口容子

冬の月行き場を失くした我が影よ

北岡明夏

着地点探す私と同じ雪　高橋　文

葱青し都会で一人仕事する　山口杏菜

白濁の氷に明日を見失ひ　三澤麻里子

ズワイガニ君とはうまくやってけない　伊藤　隼

待ちぼうけショーウィンドウに雪の影　石井万里奈

トンネルを抜けて駒子に遭遇る雪

若林礼華

さよならの時々詰まるたきびかな

佐々木宗太郎

さりげなく甘えし額風邪の熱

安田彩夏

真二つに空を貫く寒雀

竹邊朋子

雪は白白粉も白恋は赤

山本結理

いつのまに語り部となり榾明り　白鳥央堂

冬桜見上げて揺れる髪飾り　高橋　葉

山眠るいつか私もこの土へ　田村寧々

石像の翼となりし氷柱かな　豊嶋麻美

冬青空わたしが映るかげおくり　長島可純

さよならと汽車に乗る君冬景色

大野双葉

銀色の鏡の中の冬の山

王　杰

ストーブの小窓にひかる炎かな

大村　翔

嘘じゃない君との夜もこの雪も

福井希緒奈

錆浮いた二両の電車雪積もる

永森一耀

失恋し編んだマフラー父が巻く　北岡明夏

咳ひとつできない街の冷たさよ　米倉寛人

ゆきだるま君は確かにそこにいた　田中大介

マグカップ風花来たる窓の外　長野桃子

落ち葉蹴る言いたいことばも宙に舞い　渡辺真由美

星冴ゆる運転席の父の顔　高知尾　誠

凍てついた心の隙間冬の雨　渡辺　諒

雪だるま君への手紙届けたか　楼　瑋玥

音も無し宵の明星凍りゆく　田中里枝

見せてくれ多摩の払沢凍滝よ　渡辺亮介

スケートのジャンプに刃先煌めけり　岡村恵理香

行く先は回想となり風冴ゆる　山下亜維

晴天や手形だらけの雪だるま　深田綾乃

子どもたち布団の中は秘密基地　砂川華澄

あさまだき寒月映す洗濯機　林　敬子

冷凍庫こっそり飼った雪兎　飯塚美友

耳に残るあなたの声と冬の風　山路絵美子

ざらめ雪まつげに触れて溶けてゆく　福田瀬奈

寒風に吹かれる鯉の背はさみし　小山大輝

雪を掻く鼓動早まる朝七時　伊藤のどか

一瞥もされずたたずむ蓮の骨　伊藤優汰

バス停や手袋だけがしんと居り　大城まり

「明日は雪」天気予報は言ったのに　出水尚輝

氷柱割る酔って北国帰り道　長谷川貴大

じっとりと蜜沁み入りて冬林檎　田中里枝

ふいに知る儚い絆冬の虹

高橋　文

赤い実や偲ぶ昨日の雪兎

須崎眞桜

雪遊び混ざりたそうな雪だるま

佐野泉水

なつかしき蒲団の匂い告別式

高岡千紘

冬の浜想い書いても消えるのみ

島崎あかね

手袋を片方取って地図開く　田中　響

ぐつぐつと煮え立つ我が身鮟鱇鍋　福原麻由

植物園冬は光の園となり　須藤麻希

寒林のすきま染めゆく空の青　武内祐紀

白息や哀しいなんていうものか　佐々木宗太郎

寒稽古熱を溜めたる紺袴

林　光

朽ちゆける物の輝き冬麗

西田　篤

過ぎた日の君はアイドル青写真

木村真緒

はらはらと母を見送る雪降る日

児玉雪花

サヨウナラボクノココロニテブクロヲ

中澤　工

冬の星祖父に教わる神話かな　星いづみ

銀色の電車が渡る冬の川　角田星菜

マフラーに取り残された言葉たち　出口菜祐

木の葉雨最終回のごとく降る　齋藤里桜

パステルのブラウスを買い春を待つ　浅海彩香

あとがき

夏空の光とびこむ虫眼鏡　向　奈津子
約束の日はまだ遠し洗い髪　中村麻衣
夕暮れの加速止まらぬ祭笛　竹下奈都子

二〇〇五年、授業が始まった最初の年に提出された忘れられない作品である。春に始まった授業はたちまち夏を迎え、教室の窓に新緑が溢れた。句会を重ねるうちに、学生たちはいろいろな句材を見つけ出した。とりわけ「虫眼鏡」の句には驚いた。「よくこんな発想が出来たね」と言うと、彼女ははにかむように「理科の実験を思い出して詠みました」と語った。「約束」の待ち遠しい時は髪を洗うたびに増し、「祭笛」に乗ってたちまち祭の夜はやって来る。学生たちは季語があることで、自分自身の中にどんな気持ちや表現力があるか、気付いていった。

聖五月綺麗なひとが義姉になる　高岡千紘
香水の瓶の割れてもまだ泣けず　坂元沙織

「兄が結婚するのです。そのお嫁さんになる人がとてもきれいな人で嬉しくて」と作者は言っていた。「聖五月」という季語で詠めば、こんな清々しい句になるのかと感心した。「香水瓶」の作者は、「何だか泣き方を忘れてしまったように思えます」と語った。俳句に添えられた言葉は、句会で語られた言葉だ。俳句とともに、その時の表情までが思い出される。

ひとしづく金魚の落とすあかい影　赤荻　愛
あめんぼう水の深さを知らぬなり　濱田萩子

校内には星形の小さな池があって、そこに金魚やあめんぼうがいる。吟行後の句会では、「金魚」が「あかい影」を落とすという表現にみな驚き、「あめんぼう」が「水の深さ」を知らないという発見に自分たちの姿を見た。若い人の感性に驚かされるのはこんなときだ。

とんと落ち世界を止める水中花　酒井恭平

毎年、六月になると教室で「水中花」を咲かせて席題にした。誰も見たことが無いからだ。この句集に「水中花」の句が多いのはそのせいだ。硝子の透明な花瓶に花を沈めるところを皆じっと見ている。真鍮が錘になっているので「とんと」落ちる。その一瞬、「水中花」が「世界を止める」というのである。「とんと落ち」の何でもない軽やかな表現が、「世界を止める」というありがちな表現を、美しくも恐ろしくもする。

駆け引きのシフト調整冬が来る　土谷成瑠穂

二人きりコンビニで聞く除夜の鐘　森　隼人

アルバイトも句材になった。クリスマスを楽しむための「シフト調整」だろう、「駆け引き」は当人にとっては大真面目だが、そこが一句になると面白い。「除夜の鐘」を聞いているのは、アルバイトの二人だ。大晦日のコンビニは結構忙しいのだそうだが、それでもさすがに「除夜の鐘」が鳴り出すころには誰も来ない。アルバイトの男性二人で新年を迎えたのだそうだ。

絶海の退艦命令油照り　土斐崎種忠

二〇二〇年の春、コロナの蔓延によって大学は登校不可能となり、オンライン授業を強いられた。作者は卒業を控えた四年生で、「退艦命令」という物々しい表現に、予想もしなかった状況に打ちのめされる姿が見える。「油照り」という季語が痛々しい。何かを断念せねばならなかった心の風景が捉えられている。この句は二〇二一年版角川「俳句年鑑」(二〇二〇年十二月刊)の巻頭言にも引用したが、コロナ禍にあって、卒業を控えた大学生を象徴する一句として忘れ難い。

走馬灯失せし一年回りだし　齋藤　健
学舎の色なき風に友の声　鎌田章矢

ようやく対面授業が可能になって、句会に提出された作品で、「走馬灯」によって、無くした一年が回り出すという表現に胸を衝かれた。取り戻す術もなく、空白の一年がくるりくるりと巡るのである。秋に入って、校内吟行が可能になると、仲間とともに校内を歩けること自体が喜びになった。「秋風」は「色なき風」ともいうと知って、その「色なき風」に「友の声」が彩りを与えていることが「無性に嬉しかった」と作者は語っていた。

透き通るほどの黒板若葉風　齋藤里桜
名月や大地を影絵めくわれら　森貞　茜
葬儀場の集合写真油照　川原　都
登高や雲あふれゐて翳ゆたか　加藤柊介

二〇二二年の第30回武蔵野文学賞の準賞、佳作（三十句）を受賞した作品から、一句ずつ抽出した。二〇二三年には俳句研究会創設の準備も進んでいる。
きっと武蔵野大学から、新しい俳句の風が吹くだろう。学生たち一人ひとりの心の発信が仲間に届き、やがて、大学からの発信ともなるように祈りたい。

かえりみて、武蔵野大学で過ごした歳月は武蔵野の面影を残す美しい校舎と、学生の皆さんに会いに行く掛け替えのない日々でした。この、一冊の句集に心からの感謝を籠めます。
なお、この『発信――武蔵野大学俳句アンソロジー』の発刊については、武蔵野大学文学部長土屋忍先生より特段のご配慮により許可を頂くことで、実現することができました。また、堀切克洋先生より、ご担当の学生の作品掲載のご協力を頂きました。創作作品集に掲載された、総数二千句以上の作品をデーター化して下さったのはコロナ禍の春休みにあった、川原都、飯塚美友さんです。さらに、ふらんす堂の山岡有以子様には、折々、撮っておいた校内の写真で各章の扉を飾りたいという私の希望を叶え、美しい本にして頂きました。皆さまありがとうございました。心より感謝申し上げます。

二〇二三年十二月二十五日　クリスマスの日に

井上弘美

人名索引

●か

●さ

●に

●の

●は

●や

●ゆ

●よ

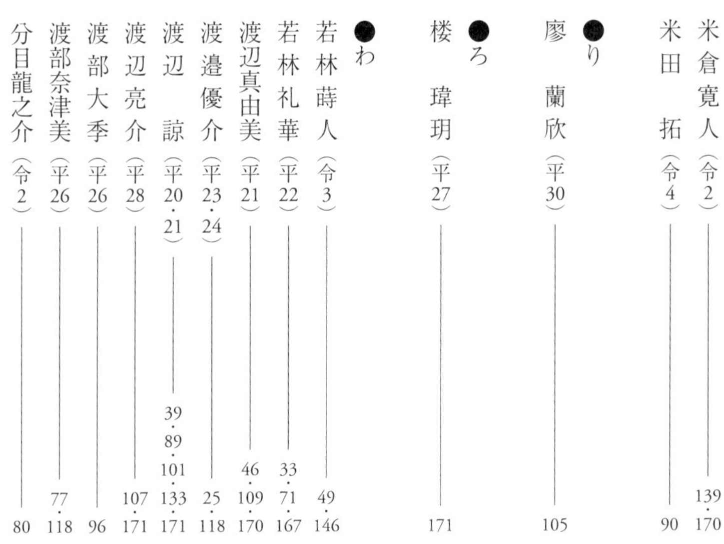

掲載作品は武蔵野大学創作作品集を初出とし、新旧の仮名遣いも発表当時のままにしてあります。索引の御名前の後に付けた年号は「武蔵野大学創作作品集」の掲載年です。この度、私の一存で、精選・再掲載した事に対しまして、ご理解いただきますようお願い致します。

井上弘美

編者略歴

井上弘美（いのうえ・ひろみ）

1953年京都市生まれ。俳人。俳句雑誌「汀」主宰。「泉」同人。
早稲田大学大学院教育学研究科修士課程修了。
公益社団法人俳人協会評議員。日本文藝家協会会員。俳文学会会員。朝日新聞京都俳壇選者。
「NHK俳句」2019・2022年度選者。武蔵野大学客員教授（2024年3末月まで）。早稲田大学エクステンションセンター講師他。
句集に『風の事典』・『あをぞら』（第26回俳人協会新人賞）・『汀』・『夜須礼』（第10回星野立子賞・小野市詩歌文学賞）他。
句文集に『俳句日記2013　顔見世』。
著書に『俳句上達９つのコツ』・『実践俳句塾』『季語になった京都千年の歳事』・『読む力』（第35回俳人協会評論賞）・『俳句劇的添削術』など。

現住所　〒151-0073
東京都渋谷区笹塚2-41-6-1-405

発信——武蔵野大学俳句アンソロジー

二〇二四年二月一六日第一刷
定価＝本体二七五〇円（10％税込）
●編者——井上弘美
●発行者——山岡喜美子
●発行所——ふらんす堂
〒一八二—〇〇〇二 東京都調布市仙川町一—一五—三八—二F
TEL〇三・三三二六・九〇六一 FAX〇三・三三二六・六九一九
ホームページ http://furansudo.com/ E-mail info@furansudo.com
●装幀——和 兎
●印刷——日本ハイコム㈱
●製本——日本ハイコム㈱
落丁・乱丁本はお取替えいたします。
ISBN978-4-7814-1637-3 C0092 ¥2500E